문학과지성 시인선 280

따뜻한 흙

조은 시집

문학과지성사에서 펴낸 조 은의 시집

무덤을 맴도는 이유(1996)
생의 빛살(2010)

문학과지성 시인선 280
따뜻한 흙

초판 1쇄 발행 2003년 11월 18일
초판 4쇄 발행 2017년 9월 14일

지 은 이 조 은
펴 낸 이 우찬제 이광호
펴 낸 곳 ㈜문학과지성사

등록번호 제1993-000098호
주   소 04034 서울 마포구 잔다리로7길 18(서교동 377-20)
전   화 02)338-7224
팩   스 02)323-4180(편집)   02)338-7221(영업)
전자우편 moonji@moonji.com
홈페이지 www.moonji.com

ⓒ 조 은, 2003. Printed in Seoul, Korea

ISBN 89-320-1458-2 02810

문학과지성 시인선 280

따뜻한 흙

조은

2003

시인의 말

첫길도 익숙한 길도
갈 때보다는 돌아올 때의 발걸음이
가볍고 빨랐다.
굼뜨고 어눌한 이 행위에서
가고 있는 의미를 찾을 수 없다면……

2003년 11월
조은

따뜻한 흙

차례

▨ 시인의 말

울음소리에 잠이 깼다

울음소리에 잠이 깼다
여럿이, 한꺼번에, 잠재운 고통을 깨우며,

울고 있다
동네 개는 모두 짖어대고
불을 켜려 허둥거리며 나는
재빨리 모르는 한 죽음에다
나의 죽음을 겹쳐본다

누군가 죽었다
누군가 죽었다

어둠의 노른자위에 있는
나의 손 닿는 어딘가가 썰렁하다
이곳 어딘가는
세상을 버린 자와 닿아 있었다
가쁜 소리를 내던 문도 숨을 멎었다

한때 숨쉬던 흙덩이는
오열 속에 해체되고 있으리라

이웃들도 불을 켠다
아주 가까운 곳에서
누군가 죽었다

한 번쯤은 죽음을

열어놓은 창으로 새들이 들어왔다
연인처럼 은밀히 방으로 들어왔다
창틀에서 말라가는 새똥을
치운 적은 있어도
방에서 새가 눈에 띈 건 처음이다
나는 해치지도 방해하지도 않을 터이지만
새들은 먼지를 달구며
불덩이처럼 방 안을 날아다닌다
나는 문 손잡이를 잡고 숨죽이고 서서
저 지옥의 순간에서 단번에 삶으로 솟구칠
비상의 순간을 보고 싶을 뿐이다
새들은 이 벽 저 벽 가서 박으며
존재를 돋보이게 하던 날개를
함부로 꺾으며 퍼덕거린다
마치 내가 관 뚜껑을 손에 들고
닫으려는 것처럼!
살려는 욕망으로만 날갯짓을 한다면
새들은 절대로
출구를 찾지 못하리라
한 번쯤은 죽음도 생각한다면……

따뜻한 흙

잠시 앉았다 온 곳에서
씨앗들이 묻어 왔다

씨앗들이 내 몸으로 흐르는
물길을 알았는지 떨어지지 않는다
씨앗들이 물이 순환되는 곳에서 풍기는
흙내를 맡으며 발아되는지
잉태의 기억도 생산의 기억도 없는
내 몸이 낯설다

언젠가 내게도
뿌리내리고 싶은 곳이 있었다
그 뿌리에서 꽃을 보려던 시절이 있었다
다시는 그 마음을 가질 수 없는
내 고통은 그곳에서
샘물처럼 올라온다

씨앗을 달고 그대로 살아보기로 한다

새

　새가 내 머리 위를 불덩이처럼 맴돈다. 언제 저 새가 이 방으로 들어왔을까? 애써 침잠시킨 어두운 한 세계가 역행하고, 숨골이 활짝 열리는 열기. 어떻게 저 새가 이 방으로 들어왔을까? 웅크린 내 몸이 깔고 있는 지렛대 같은 어둠을 극도로 부풀리며 새는 활기차게 난다. 내 몸에서 번쩍 눈을 뜨는 먼지들, 전신을 뒤집으며 소용돌이치고, 휘청거리며 내게서 떨어져나가는 깜깜한 길 하나.

통증

광화문 육교 옆 어두운 곳에서
걸음을 멈췄다
등에 큰 혹을 진 팔순의 할머니
입김을 내뿜으며 나를 활짝 반겼다
광주리를 덮은 겹겹의 누더기를 벗겨냈다
숯막 같은 할머니가 파는 것은
천 원에 세 개짜리 귤, 영롱했다
할머니를 놀릴 마음으로 다가간 것은 아닌데
내겐 돈이 없었다 그것을
수시로 잊을 수 있는 것은
초라한 내 삶의 동력이지만
바짝 얼어 몸이 굼뜨고 손이 굽은 할머니
온기 없는 생의 외투는 턱없이 얇았다
그래도 그 할머니
어쩔 줄 몰라하는 내게 웃어주었다

新生

병원 신생아실
수많은 새 생명이 있다
자거나 깨어 있거나 우유를 먹거나 울고 있는
생명들은 요람 속에
미숙한 생명들은 인큐베이터 속에

깊은 밤, 유리벽 저편에
그녀도 있다
아픈 몸은 호미처럼 굽었다
그림자는 몸을 물고 굳게 눈을 감았다

그녀의 몸이 허공을 치며 흔들거린다
몇몇 생각들은 쉽게 몸을 놓지 않고
깊은 상처에 소금처럼 쓸리는 오래된 질문들

의미를 찾지 못한
생생한 고통의 날들 되밀려온다
그녀 앞 신생아들의 몸도
필생의 물음표로
꼬부라져 있다

불면

혼자 앓는 병이
가난한 것이
죽음 뒤의 세계가
두려운 시절이 있었다
걱정하며 잠을 설쳤다

권태와 무기력을 까불며
쏟아지는 햇빛이
빛이 내려놓는 거울 같은 그림자가
두렵지 않은 시간이 왔다
잠이 안 온다

폐 속까지 들이치는
어둠의 自力으로
달이 재생된다

궁궐 앞길을

궁궐 앞길을 모녀와 걸어간다
앞을 못 보는 아이는 열한 살이다
엄마는 나보다 열 살쯤 젊다
둘은 온몸으로 계단을 밟고 4층에서 내려왔고
나는 관성으로 계단을 내려와 길을 밟았다
어두워지는 길을 우리는 한방향으로 걷는다
둘은 온몸을 바닥에 귀처럼 대고 걷고
나는 길을 걸어차듯 걷는다
둘은 팔을 겨드랑이에 붙이고 걷고
나는 두 팔을 너풀대며 걷는다
한 번도 이 세상의 모양새를 보지 못한
아이는 해맑고
마르고 창백한 엄마의 얼굴은
연마된 쇠처럼
나는 한량처럼

어둠 속 작별

꽃이 만발했던 길을
어머니는 지팡이를 짚고 간다
쇠한 그림자도 지팡이를 짚고 뒤따라간다
가도 가도 浮上할 수 없는 길을
땅으로 호흡기가 기울어진 어머니가 걸어간다
지팡이가 먼저 짚는 비탈진 길은
중병의 기억을 지우지 못하고
깊은 숨을 쉬고 있다 악취가 난다
시궁쥐는 갈라진 아스팔트 사이에
주둥이를 묻고 썩고 있다

어머니 애써 뒤 한 번 돌아보지 않고 간다
평생 둥글린 꿈들이
약병처럼 구르는 내리막길에서
뒤따르는 내 발소리에 화내며
멈출 때도

고통의 돌기

아픈 친구와 밥을 먹었다. 그의 몸은 삶의 바닥에 닿아 더없이 어두웠다. 어둠이 소용돌이치는 말은 귀를 곤두세우고 몸을 구부려도 알아듣기 힘들었다. 입 안에서 씹히는 음식물 소리가 내 귀를 멀게 한 것인가. 허기를 채우는 동안 그의 어둠은 내 몸 밖에 있었고, 그는 배고픔도 못 느끼는 어둠 속에 있었다.

행려병자들이 웅크리고 잠든 분수대 광장을 걸어 그를 배웅하고 돌아설 때는 비가 내렸다. 그는 지하 세계로 내려가 당장은 그 비를 피했고, 나는 비를 맞으며 그의 고통 속으로 젖어들어갔다. 아무도 대신 질 수 없는 짐. 속수무책의 짐. 혼자만의 짐. 그것들을 부려놓을 곳은 제 속밖에 없다. 그는 자의식 때문에 날이 밝으면 눈이 더 퀭해질 것이다. 고통의 돌기 같은 그의 육신은 제게도 낯설 것이다.

삶의 형식

친구 아버지 무덤의 잔디를
누가 걷어가버렸단다
민머리처럼 드러난 무덤에 뗏장을 입히려고
다시 찾아갔을 때
그나마 남은 것을 누가 더
걷어가버렸단다

생전에는 만난 적 없는 그분의 무덤에
나도 두 번 가본 적이 있다
그곳으로 가는 친구의 걸음이
춤추러 가는 것처럼 가볍기를 바라며

죽음의 형식은 한결같아서
친구는 갈 때마다 아버지의 무덤을
쉽게 찾지 못했다
늘 근처 나무의 모양새를 떠올리며
무덤 사이로 난 언덕길을 오르내렸다

무덤보다 쉽게 찾은 그 나무 아래로 들자
인간의 길을 뚫어져라 보고 있는

동공 같은 무덤들 속에 우리도 묻혔다

막 지나온 길이

이제 막 지나온 길이
뻣뻣이 굳는다
나는 이 길의 근성을 알고 있다

옛날에도 나는 몇 차례
빠른 걸음으로
이 길을 지나갔다
하늘과 맞닿은 이 길을 돌아 나오며
내가 흘린 눈물을

나는 알고 있다
협곡을 지날 때면 들려오는
슬픈 메아리
가지 못할 세계로 유골처럼 굴러가는
위태로운 생각들

멈추면 그 순간
서늘한 이끼가 몸을 덮는다

어긋나는 것들

포식하고 싶을 때 굶주렸다
행복을 생각할 때 불행했다
일해야 할 때 쉬어야 했다

어긋나는 삶
어긋나는 빛

결코 내게서 싹틀 수 없는 것들이
버석거리는 내 몸에
또다시

골목 안

실종된 아들의 시신을 한강에서 찾아냈다는
어머니가 가져다준
김치와 가지무침으로 밥을 먹는다
내 친구는 불행한 사람이 만든 반찬으로는
밥을 먹지 않겠단다

나는 자식이 없어서
어머니의 마음을 다 헤아리지 못한다
더구나 자식을 잃어보지 않아서
그 아픔의 근처에도 가볼 수가 없다

웃을 줄 모르는 그녀의 가족들이
날마다 깜깜한 그림자를 끌고
우리 집 앞을 지나간다
그들은 골목 막다른 곳에 산다

나는 대문을 잘 열어두기 때문에
그녀는 가끔 우리 집에 와 울다가 간다
오늘처럼 친구가 와 있을 때도 있지만
가족을 둘이나 잃은 독신인 친구에게도

아들을 잃은 어머니의 슬픔은
멀고 낯설어 보인다

고통에 몸을 담고
가쁜 숨을 쉬며 살아온 줄 알았던 나의
솜털 하나 건드리지 않고 소멸한
슬픔은 또 얼마나 많았을까

낯선 기도

한적한 산책길에서
통곡 소리를 들었다
그 소리를 따라갔다
마른 풀숲 바위에 앉아
젊은 여자가 울고 있었다

여자는 어제도 그렇게 울었다
아버지, 아버지, 목 놓아 부르며
낡고 검은 우산에
허리를 접은 몸을 숨기고

그녀 속에서 아버지가
살아서 뒹굴든 죽어서 뒹굴든
불덩이로 뒹굴든 바퀴로 뒹굴든
나와는 무관한 그 울음에
콧등이 시큰했다
나는 여자의 먼발치에 주저앉았다

그 눈물에
가까스로 지탱하는 그녀 생의 지반이

허물어지지 않길 바라며
두 손을 꼭 잡았다
마치 기도하는 母性처럼

모래 속으로

모래가 나를 짓눌러온
붉은 바위를 먹고 있다

바위 속으로 섬광처럼 난
길의 비밀도 먹고 있다

부드러운 모래 능선을
깎아내고 보태며 회오리치던
내 삶이 묻힌다

따뜻하다

모래 속에는
극약 같은 향도 있다

담쟁이

나 힘들게 여기까지 왔다
나를 가두었던 것들을 저 안쪽에 두고

내 뿌리가 어디에 있는지는 생각하지 않겠다
지금도 먼 데서 오는 바람에
내 몸은 뒤집히고, 밤은 무섭고, 달빛은
面刀처럼 나를 긁는다

나는 안다
나를 여기로 이끈 생각은 먼 곳을 보게 하고
어떤 생각은 몸을 굳게 하거나
뒷걸음질치게 한다

아, 겹겹의 내 흔적을 깔고 떨고 있는
여기까지는 수없이 왔었다

雨期의 꿈

번개를 휘두르며 하늘 낮게 낮게 내려온다 친한 사람
들이 멈칫대며 비를 피해 땅속으로 내려간다 어디로든
깊이 들지 못하는 것들 소란하다 빗물이 중얼거리며 웅
덩이를 만들고 있는 탄탄했던 길에 다시 모습을 나타내
는 자들의 표정은 어둡다 곤죽이 된 지표면을 딛고 선
자들의 몸에는 지상의 온갖 뿌리 감겨 체액을 짜고 있
고, 양수 같은 빗물 번들거린다

하늘 속으로

과꽃이 피었습니다
축대 위 작은 집 화단엔 꽈리, 채송화
화단을 이룬 시멘트에 갇힌 모래들을
핥아주고 있을 해바라기 뿌리가
피워낸 꽃 세 송이

몇 섬 흙을 벽돌로 막아놓은
화단엔 나비 세 마리도 날아왔습니다
나비가 앉은 과꽃 옆으로
잉잉대며 일벌도 날아왔습니다

오늘, 세상의 모든 길이 가볍게
하늘 쪽으로 들립니다
들리지 않는 길에는 캄캄한
삶의 터널이 있습니다

문고리

삼 년을 살아온 집의
문고리가 떨어졌다
하루에도 몇 번씩
열고 닫았던 문
헛헛해서 권태로워서
열고 닫았던 집의 문이
벽이 꽉 다물렸다
문을 벽으로 바꿔버린 작은 존재
벽 너머의 세상을 일깨우는 존재
문고리를 고정시켰던 못을 빼내고
삭은 쇠붙이를 들여다보니
구멍이 뻥 뚫린 해골처럼 처연하다
언젠가 나도 명이 다한 문고리처럼
이 세상으로부터 떨어져나갈 것이다
나라는 문고리를 잡고 열린 세상이
얼마쯤은 된다고 믿을 수만 있다면!
내가 살기 전에도
누군가가 수십 년을 살았고
문을 새로 바꾸고도 수십 년을
누군가가 살았을 이 집에서

삭아버린 문고리
삭고 있는 내 몸

언젠가는 그런 모습으로

익숙한 산책로를 걷다가
맥을 놓고 앉은 노인을 지나왔다
뻣뻣한 가시가 썩지 않고
들어앉아 있는 거름더미처럼
그의 모습은 위험해 보였다

언젠가는 나도 어딘가에 주저앉아
그 같은 모습으로 사람들을 바라보게 될 거라고
그때는 지금보다 마음이 더 이상할 거라고
생각하며 지나왔다

그를 만나지 않았다면 나는
능소화 핀 길을 어제처럼 걸었을 거다
수천의 꽃송이를 얹은 담장 끝에서 문득
누군가에게 전화를 하고 싶었을 거다
그가 나를 반기면
나는 단숨에
그 길의 심장으로 뛰었을 거다

다시 뒤돌아봤을 때도 노인은

나를 보고 있었다
어디서부터 삶이 어긋났는지
이제야 알았다는 듯
혀 같은 눈으로 나를 노려보며

큰 산에서의 하루

바위를 짚으며
浮屠처럼 선 나무들을 지나간다
몸과 부딪히는 허공은
깊고 푸석푸석하고
길은 찾는 눈은 충혈되어 붉다

길은 구부러지며 좁아진다
그 모퉁이마다 낭떠러지가 있다
머뭇거리다 엉키는 나뭇가지와
몸을 꺾는 풀도

작은 기척에 돌아보면
앙상한 나뭇가지들 반짝인다
제 뿌리만을 맴도는 나뭇잎들
산의 한 굽이도 돌아오지 못했는지
상처 없이 모여 있다

강물을 따라

가을이 왔다. 산을 씻어내며 시작된 강물은 어느새 평
화로운 흐름을 익혀 흘러간다. 드문드문 반짝인다. 그것
이 눈부셔 우리는 실눈을 뜨고 걷다가 빈집 앞에 선다.
하늘을 제 속으로 들게 하며 강이 완만하게 흐름을 늦추
는 것이 사철 보였을 집 안엔 운동화 한 짝, 금간 벽, 양
은냄비와 사기그릇이 찌그러뜨리고 깨어버린 추억. 밀
폐된 방에서 상하는 것들의 그리움. 외짝의 신발 안에서
도 풀들은 행색을 갖추고 씨앗을 맺어 다시 살 준비를
하고 집은 추억을 놓치며 조금씩 기울어진다. 하얀 머리
카락에 목이 감긴 풀의 하늘은 단풍 든 듯 노랗다.

비의 길
── 고흐의 무덤으로 가는 길

끝없는 밀밭을 짓누르는
하늘로 솟구치며 까마귀 운다
까마귀 간 길이 어두운 하늘 속에서
실꾸리처럼 감긴다

갑자기 나타난 말 한 마리
사납게 발길질을 하자 흙이
번뜩이는 눈을 뜨고 우리에게 달려든다
인광이 미친 말의 몸을 벗어나 빗방울에
매달린다 빗방울은 무엇과도
온몸으로 닿으며 존재를 바꾸고
밀밭은 금세 윤기 흐른다

그러나, 말은 미쳐서도
제 무릎 아래께에 있는
울타리의 관념 하나 뛰어넘지 못한다
그것을 알고 있는 우리에게

바람은 먼 먼 곳의 빗방울을 부려놓는다
언덕은 그의 무덤으로

우리를 끌어간다

바람의 형체

담 아래다 누가
옷을 벗어두고 갔다
경희궁 공원의 어둠을 하룻밤에 뛰어내린
아카시아 꽃잎은 그 허물 위에다
바람의 형체를 남겨놓았다
수북한 꽃잎 사이로 회색 속옷과 신발
살비듬이 남아 있는 양말과 모자도 보인다
누굴까 짙은 어둠을 더듬으며 왔을 손이
벽에다 수많은 자국을 남겼다
오른손가락 세 개가 턱없이 짧은
그는 왼손잡이다
어지럽게 찍혀 있는 손자국에는
다스리려 애쓴 고통의 잔해가 남아 있다

한순간

　살아 있는 많은 것들의 파장이 내 몸을 지나갑니다 한
쪽이 열리면 한쪽이 닫힌 길을 걸으며 잎잎에 매달려 있
던 세상이 지는 것을 봅니다 生의 같은 가닥을 잡고 서
로 밀고 당기던 잎들이 머물던 자리가 깨끗해 나는 눈을
씻고 보고 또 봅니다 나무 아래 육신의 정수리에서 만개
한 꽃들은 향기 속으로 소멸합니다 사람들은 고된 몸을
끌고 머릿속 세상으로 소멸해갑니다 소멸하며 生이 완
숙됩니다 다시 보면 지나온 날들 급경사를 이뤄 소멸의
향기를 꿈꾸고 있습니다

계란 한 판 두부 한 모

처음 만난 사람에게서
계란 한 판과 두부 한 모를 받았다
아직 친구라고 할 수 없는 그는
처음 우리 집에 왔고
그를 만난 것도 처음이다
그가 있을 때 골목으로 두부 장수가
종을 흔들며 지나갔다

계란을 오래 두고 바라봤다
밖에 나갈 때나
밤늦게 돌아올 때나
마당에 우두커니 서게 되는 나의 마음이
슬픈 것에 매번 놀라며

그러다 한 친구의 소식을 들었다
죽은 줄 알았던 친구
그래서 한 번에 용서할 수 있었던 친구
살아 있었다
나와 가까운 곳에서

그 옛날 우리가 있던 곳에서
한꺼번에 부화된 어두운 시간들이

숲의 휴식

흙 속으로 발이 푹푹 빠지는 길을
아직은 나의 의지로 간다
그림자는 나를 응시하며 짧아지고 있고
나무는 나를 이끌어온 하늘에
氷裂을 만든다
천지에 꽃은 피어 그늘의 힘이
모든 꽃송이를 받치고 있다
깨끗한 귀처럼 열려 있는 풀꽃에 대고
혼잣말을 중얼대다 나 힘없이 주저앉는다
허물어지는 속도는 단호하다
나 스스럼없이 드러눕는다 금세 흙이
내 몸에서 곰실거리고
나무의 그림자가 그 위에 얹히며
뿌리를 향해 내 몸을 누른다
이곳에서 내가 사라지는 데는
오래 걸리지 않으리라

모란을 보러 갔다

오랜 친구들과 막 사귄 친구들과 어울려
늦은 밤 궁궐로 모란을 보러 갔다

모란을 보러 갈 때는 설레고
돌아올 때는 쓸쓸하다

모란 군락 앞에서
친구들은 노래를 부르고
재주를 넘고
꽃의 기쁨만 만끽했다

다음날에도
그 다음날에도
혼자 모란을 보러 갔다

겨울 한 철

　상처 많은 남의 개를 집에 들여다 함께 겨울을 납니다. 개는 수시로 울부짖고, 퍼덕거리고, 발로 바닥을 치며 비명을 지릅니다. 지나가던 내 그림자가 스쳐도 벌떡 일어나 아프다고 울어대지요. 개의 얕은 잠을 깨우는 것은 고통에 대한 기억입니다. 고통은 기억 때문에 덩굴손을 뻗어가지요. 잦은 매질에 울퉁불퉁해진 개를 깨우지 않으려다 어쩌다 그 눈과 마주치기도 합니다. 존재의 원형을 바꾸며 들끓고 있는 구더기 떼처럼, 삶을 희구하는, 희끗한 눈빛! 창문에 붙어 있는 어둠의 눈 속에서 나도 한 철 내내 고물거리고 있습니다.

막내

동생은 자주 영화를 본다
그는 거실방을 쓰고 있다
온전한 저만의 방을 가진 적이 없다

그가 보는 영화 속 인간들도
저만의 것을 갖지 못한다
자신만의 방(늘 불청객이 있다)
자신만의 아내(수많은 아내가 외도를 한다)
자신만의 어머니(임종의 순간까지 대가를 원한다)

가족들이 다투는 소리가
어두운 물을 퍼내는 소리가
쾅쾅 문 닫는 소리가
그의 몸에 작살처럼 꽂힌다
언제부턴가 그는 날카로워졌다
밤에는 깊은 한숨 소리가 들리기도 한다

화면 속 평생을 울었던 자의 길이
무덤으로 이어진다

비 맞는 습지

비 온다
허공 속 지름길을
빗방울들이 달려온다
나는 세종문화회관 널찍한 계단을
풀죽어 오른다
계단 위에선 연인들이 싸우고 있다
둘은 오랫동안 같은 곳을 향해 왔는지
등이 젖었다

가보지 못한 길부터
젖고 있는 삶이여
내 안의 습지여
꿈꾸고 있는가
사막의 진실, 사막의 고요, 사막의 순수

비 오는 날
축축한 몸에
눈에

길

아픈 어머니의 몸 밖으로
무엇인가가 빠져나와 있다
길이다
길의 촉수다

球根 같은 어머니의 몸을 통해
향긋한 꽃의 세계로 가려는가
길이 파도친다

심연으로부터 솟아올라
어머니를 거쳐
내게로 오는 길도 있다
그 길에서 부는 바람에 폐가 아프다

어머니가 눈을 뜬다
길 위에서

과거 속으로
──사촌에게

너는
너의 의지로 이곳을 떠나가고
살아 숨쉬는 우리의 몸 위로
누룩 같은 비가 내린다

이 슬픔을 마개처럼 막고 있는
너의 영혼 때문에 우리의
존재가 바뀌려는지 몸살을 한다

언젠가는 여기서 풍기는 삶의 향기가
네 코끝에도 닿을 것이다

내게도 저런 곳이

나뭇잎들이 시멘트 바닥에
수북 모여 있다
(내 안에도 드문드문 저런 곳이 있다)
지난해에도 그 전 해에도
나뭇잎들은 저곳에 모여 웅성거렸다
(四柱에 큰 나무로 태어났다는
내 안에서도 가끔 저런 소리가 들린다)
봄에는 수많은 꽃잎이
저렇게 모여 떠날 줄 몰랐다
결속을 풀지 않는 나뭇잎들
길 속에 뇌처럼 들어 있는 나뭇잎들
언제부턴가 움푹 꺼진 시멘트 바닥엔
균열이 생겼다
(내 안에도 드문드문 저런 곳이 있다)
그 틈으로 생성의 활기로 가득 찬
상쾌한 물의 기운이 올라온다

이상한 밤

이상한 밤이다
늘 다니던 골목에서
뜻밖의 사람들 때문에 놀란다

다리를 쭉 뻗고 비를 맞는 사람
승용차 뒤에 쪼그리고 앉아
목소리만 흘려보내는 사람
중얼대며 가는 사람
멍한 표정을 짓고 선 사람

이상한 날이다
지구가 불구덩이를 향해 자전하는지
발바닥이 확확 달고 눈이 뜨겁다
며칠 징소리가 울려나오는 집의 창에는
본 적 없이 큰 부적이 붙었다

나도 집에만 있을 수가 없어
짝이 다른 신발을 신고
밖으로 나왔다

바퀴

오래 염전을 걸어왔는지
바지를 둥둥 걷고
허리를 바짝 접고 일흔의 할아버지
소금 수레를 끌고 간다
내수동을 지나 경찰청을 돌아

길을 막는 눈이 풀린 늙은 개를
몇 걸음 더 살게 하는
생의 바퀴살에 끼여
짠맛으로 정제된 인간의 한 생애가
염천 속을 걸어간다
소금뺄을 한참 더 가려 하는가
맨발에 고무신을 신고

모래인가 소금인가
강파른 그의 어깨 위로
차오르는 저 빛은

적막 속을 걷다

어두운 길에 들국화 향기 짙다
어느 길모퉁이에선
응어리져 있는 꽃향기가 느껴진다
저 무리 속엔 분명
존재의 뿌리가 아픈 것이 있다

터덜터덜 걷고 있는 길이
그 언젠가처럼
내 몸의 열 길 아래로 가라앉는다
삶의 의지는 머리 위로 흙이 떨어지는 듯한
이 순간에 되살아난다

밝을 때 이 길에서 보았다
찬 바람이 불도록
나비를 가두고 있는 고치
여름이 가도록 허물을 못 벗고
키 작은 나뭇가지에서 말라버린
매미의 성충

누군가도 이 길을 지나갔다

그 발길의 수많은 돋을새김이
어둠 속에서 촛불처럼 너울댄다

逆光
—— 카타콤이여

살아 있는 사람들이
땅속으로 들어간다
나도 들어간다
피가 도는 몸으로

배설과 섭취
두 세계가 모두 편한 듯한 마음으로
그런 삶을 사는 듯한 마음으로

까맣게 탔거나 삭거나 부서진
총구 같은 구멍이 뚫렸거나
낫 모양의 홈이 있는
뼈들 아래서 조용히
자갈들 풍화한다
해를 등지고
지하 무덤을 찾은 나도 그것을 돕고
어느 걸음에선가 나의 허무도
마모되기 시작한다

骨粉과 자갈粉이

발등을 덮고 있다
삶이여

가벼운 것들

대문을 여는 내 얼굴을 때리며
하늘에서 비처럼
매미가 떨어졌다
생을 다해가는 매미의 몸은
상한 곳이 없다
집 근처 숲엔 아직도
힘겹게 벗은 허물이 그대로 있는데
매미가 가볍게 놓아주고 있는 세계에서
몸도 마음도 무거운 나는
삶을 수정하거나 버리려 할 때마다
상처를 남겼고, 아프고 슬펐다

가벼운 것들에게는 하나같이
미련 없이 등진 거대한 관념이 있다

새들은 돌아온다

다가가면 새들은 봐란 듯이 날고
깊은 곳에선 아름드리 나무가
길을 끊으며 쓰러진다

한번 상한 것들은
몸의 안쪽부터 허물며
회복의 기미를 보이지 않는다

한때는 푸르렀던 내 안의 것들아
누추한 것에 발이 묶여 빛을 잃은 것들아

실낱 같은 정신의 한끝을 물고
크게 날개를 저으며
새들은 돌아온다

성스러운 밤

고양이가 운다
애절하다
피가 굳고 있는 거다

고양이를 품에 안아 녹여주고 싶은
내 따뜻한 몸에서
하얀 눈이 길을 내려 반짝거린다
나는 딴딴하게 얼고 있는
생명이라는 어둠의
나약해서 강렬한 눈을 본다

내가 할 수 있는 일이란
고양이를 쫓아다니며 몸속 피를 흔들어
좀더 흐르게 하는 것뿐
(고양이의 의지를 알 수만 있다면!)

고양이는 더는 움직일 수 없는지
차 밑으로 들어가 웅크린다
고통이 한 목숨을 끌고 다니다
춥고 바람 찬 거리에

마침표로 놓는다

자정의 산책

캄캄한 곳에서 누가
라이터를 켜고 있다

하늘에는 제 생각에 질식한
달이 흐른다

허공에
물려
生과 死를 왕복하는 추로 사는 몸이

잠자리를 빠져나와
되새김질을 하며
인간의 마을을 걸어다닌다

낙지

몸으로 갈 수 있는 길이
얼마나 된다고

접시 속 낙지의 몸이
사방으로 기어나간다
죽음도 받아들이지 못하는 정신의
몸은 힘차다

몸으로 다다를 수 있는 세계도
무궁무진하다는 듯
죽은 정신이라도 이끌고
다른 세계로 갈 수 있는 것은
몸뿐이라는 듯

두 여자

여자는 퀭한 눈을 번뜩이며
빛을 향해 걸어갔다
차가 경적을 울리며 지나갈 때 그녀의
오똑한 콧날과 도톰한 입술과 귓불에 얼어붙은
슬픔이 보였다
예쁘고 앳된, 너무도 맑아서
헝클어진 것 같은 여자
귀를 기울이면 멀지 않은 곳의
보신각 종소리 들릴 것도 같은데
여자는 공중전화 부스 안으로 들어가
따가운 불빛 아래 섰다
심연처럼 오래오래 들여다보고 있는
전화기 앞
여자의 수렁은 무엇으로부터

교회 철대문 앞에서
늙은 여자는 골판지를 깔고 앉아 있었다
외등이 아픈 상처를 들추는지
여자는 옷매무새를 살피고 또 살폈다
몸을 똘똘 말고

여자가 차단하고 있는 것은 빛인가
어둠 속 어둠인가

곳곳에 슬픈 광기가 우물처럼 고여 있는
새해가 다시 시작되고

잠깐 본 세상

세상을 가랑이 사이로 다 받아들이겠다는 자세로
사내는 자고 있다 좌우 사람에게로
쫙 벌린 두 다리를 밀며
다리의 중심에 놓인 입을 벌리고

사내의 앞섶이 침으로 젖을 때
전철은 지상으로 솟구친다 얼어붙은 강에
새떼처럼 내려앉아 강을 쪼고 있는 햇빛과
꼬리를 문 차량들
걸어서 강을 건너는 사람
강이 배경이 되자 사내는
거침없이 옆사람에게 머리를 기댄다

세일즈 가방에 얹혀 있던 퉁퉁 부은 손이
판매 실적처럼 아래로 떨어진다
눈을 번쩍 뜬다

잠깐 본 세상은 가득 찬 밥그릇 같은지
사내는 안도의 숨을 쉬고
다시 눈을 감는다

믿음이 나를 썩지 않게 한다

씨앗 속에 드는 세상의 이치처럼
오늘도 나는 삶을 믿으며 잠자리에 든다
꽃들이 고봉으로 차오르기도 하는
잠 속으로 찾아오는 것들은
내 몸을 돌며 울부짖기도 하지만

믿음이 나를 썩지 않게 한다
내가 보는 세상은
아직은 싱싱하다

다정한 노인들

나는 노인들을 기웃거린다
사직공원에서
(활짝 열려 어두운 곳에서도 반짝이는
노인을 만나지는 못하리라)

노인들은 살랑대는 바람과
햇빛을 받으며 움직임이 없다
도서관으로 이어지는 돌계단에서는
아이들이 이마를 반짝이며
몸속 물을 방류하려 뛰고

하늘에는 비둘기들
발 닿았던 곳에서 껴입은 삶을
털며 휘청거린다
(이 땅에 오래 머문 것들은
그림자가 버거워 멀리 가지 못하리라)

노인들 사이에 앉아본다
(편안하다……)
잿빛 그루터기가 빼곡한 천수답처럼

말라 있는 눈들이
나를 돌아본다

아름다운 나무

아름드리 나무를 보러
자주 이곳에 온다

잿빛 하늘 군데군데
새집을 심장처럼 두고 있는 나무
깨끗한 가지들이 칙칙한 하늘을
균열시킨다

나뭇가지들은 별자리를 이루며 뻗어간다
바람이 불면 처녀가 사자의 볼기짝을 걸어차고
물병을 엎지른 천칭이
화살을 맞고 비명을 지른다
나무는 바람을 타고
새로운 세계에 닿아 환호성 친다

때로는 비에 젖고 바람에 헝클어져
바람과 어우러지는 나무를 보러
이곳에 온다

폭우

병원을 나오다 초라한 행색의 여자를
본다 여자는 색색의 알약이 든
커다란 약 봉투를 넋 놓고 보고 있다
늘어진 젖무덤이 애처롭게 할딱댄다

차례가 다 된 택시 줄에서 빠져나와
나는 여자를 훔쳐본다
내가 타지 못한 수많은 택시들이
빗속으로 胎盤처럼 떠간다

오늘 하루 나와 수없이 마주친
여자는 지금 무엇을 찾고 있는가
무엇을 찾느라 난폭한 바람이 치마를 뒤집고
머리를 헝클며 아우성치는 것도
두고 있는가

여자의 남루한 옷섶에는
삶을 아편처럼 고조시키다
한순간에 추락시켰을
하얀 밀가루가 묻어 있다

송장메뚜기

등을 펴 가을 하늘 한번 쳐다보지 않고
후회도 원망도 없는 얼굴로
여자는 날마다 콩을 까고 있다
옹이 많은 가로수 그늘 아래
여자의 몸뚱이가 곳처럼 빛난다

속을 비운 콩깍지들은
바람 속에 자유롭고
수많은 콩알을 모아놓고 있는 여자의
삶은 어딘가로 기울었다

여자를 따라왔을 송장메뚜기 한 마리
있는 힘을 다해 뛰고 있다

손길을 멈추고 볼을 실룩거리며
근엄한 표정으로
여자가 발을 굴린다

고집

한 나무의 가지가 허공을 안고 있다
한 나무의 가지가 산을,
잎들이 할딱대며 받들었던 하늘을,

뿌리가 지판의 얼개를 새로 짜고 있다

그 외고집에
마지막 한 잎까지 나락을 알게 되고

앙상한 나뭇가지들이
허공을 딛고
가뿐히
지구를 들고 있다!

숲에서 보내는 시간

나무들 제 행위에 취해 있다
수없이 늘여놓은 갈래가 황홀하게 출렁댄다
물길을 따라 잎잎이 흘러간다
아래로 아래로
험한 길을 넘어갈 땐 환호성치며

어느 잎은 느린 물길을 따라
바위 속으로 들어가려
멈춰 있다

어떤 나무는 몸에 매단 물방울 속으로
세계의 뿌리를 옮겨가고 있다

무덤의 형상들

집들이 저만치에서
무덤의 모양새로 늘어서 있다
마을을 둘러싼 산들도
무덤의 형태를 갖고 있다
무덤을 더듬으며 깊어지는 뿌리들
무덤을 거쳐 나오는 여린 줄기들
하늘을 이고 진 사람들
무덤의 형상들
무덤까지 가는 길이
乳腺처럼 따뜻한 곳에서

황금 들판

농부들 짚단을 깔고 베고 잠이 들었다
햇빛 곡식들을 따라 부드럽게 휘고
지평선에 가축들이 음표로 흐른다

농부들 짚단을 깔고 베고 잠들어 있다
저들의 꿈이 알갱이를 턴 짚단처럼
함께 묶이며 가지런해지는가
가지런해지며 평화로워지는가

바다에 닿은 먼 하늘이 출렁댄다

웃음

멀리서 봤을 때 그 아이가
어른인 줄 알았다
탈모가 심한 노인인 줄 알았다
키 작고 뒤통수가 훤한 그 아이가

마른 흙덩이 같은 몸
가는 목 휜 다리
혼자는 밖에 나올 수도 없어
어린 동생이 마디처럼 붙어다니는 아이

낡은 하늘 아래서
겨울 찬 바람 속에서
공사장 모래더미 곁에서

죽은 고양이의 그림자에 발이 빠진
아이는 밝게 웃었다
그 웃음 속으로 끌어당겨주려고
침울한 동생의 손목을 꼭 잡고

狂暴雨

빗방울들이 편히 잠든 밤길에
철사처럼 꽂힌다
길의 혈관이 터져 질척거린다
하늘이 번쩍, 할 때마다
쳐들리는 손들
빳빳이 힘줄이 선 손들
죄를 알고 있는 손들

아직도 그 꿈을

날마다 가족들이 마실
약수를 져 나르던 자들이
두 패로 갈라져 싸우고 있다
뚫어버릴 기세로 벽을 받으며 딸은 아들과
어머니는 아버지와 몸이
엉켜 있다 끝났구나 싶을 때
다시 엉켜 악을 쓰며 싸운다
대를 이어 내려오는 불신이라도 있는가
대를 물리지 않으려는
불신이라도 있는 건가
처절한 절규가 철대문을 밀고 들어와
나를 일으켜 세우고 서성이게 한다
형식은 조금 다르지만 나도 살면서
저 같은 강도로 열 번은 싸웠다
그때마다 목숨만큼 소중했던
자존심을 걸었다
아직도 나는 그때 꿈을 꾸다 깬다
그런 날엔 어김없이 몸이 아프다

넝쿨

경험이 없었다면 나는
그 어린 고양이를 길렀을 것이다

덜 마른 탯줄이 달린
눈도 못 뜬 고양이를 어제
상처 많은 사람이 주워 왔다
불안할 때마다 손톱을 물어뜯는 그만 아니었다면
나는 고양이를 집 안에 들이지도 않았다
내겐 버려진 고양이를 거둔 고된 경험이 있고
살아 있는 미물도 버거운
인간으로 살아야 할 내 삶이 있다

거품처럼 가벼운 고양이는
살아날 리 없었다
그래도 입을 벌려 몇 방울의 우유를 먹이고
포근한 잠자리를 주고
조용한 곳에 두자 녀석은 소생했다
태변도 눴다

밤새 우는 고양이 때문에 잠을 설치고

나쁜 마음으로 허청대며
동물병원을 찾아간다
살고자 하는 녀석의 본능이
나를 감고 넝쿨처럼 올라간다

그의 몸은 언제나

그의 중심은 언제나
바닥에 있었다
마을에서
뻘에서
꿈속에서

날마다 바다에 나와 그는
물의 浮力과
수면 위로 상처처럼 솟아오른
배들을 바라본다
물 이랑과 이랑 사이에서 반복되는
물거품의 생성과
소멸을 바라본다

철새들이 왔다

겨울 호수에 철새들이 왔다
고니, 가창오리, 청둥오리……

어린 새 한 마리 물 곁에서
미래로 가는 길을 겨드랑이에 끼고
눈을 뜬 채 삶을 놓는다
새의 몸에 닿은 바람이
거품처럼 끓는다

태고의 태양이 호수 위를 지나간다

물을 중심으로
인간의 길은 십자가를 이루고 있다
이 땅에서 발을 떼는 것들이
그곳에 박힌 어둠을
못처럼 뽑는다

모녀

모녀가 속도를 등지고
손을 잡고 앉아 있다
지쳐 있다

기차가 재를 넘는다
능선의 구불구불한 소나무들이
산의 길을 올려 하늘에 걸고 있다
산을 벗어난 물은
짙은 산 그림자를 젖처럼 물고
흐름을 늦추며 산 밑을 돌고

자신의 미래를 본 듯한
딸의 눈이 흔들린다
지친 몸을 서로 받쳐주고 있는
그들의 생에는 변화의 기미가 없고
기차는 길고 음산한 중령터널을 지난다

이 어둠 속에는 곰팡내가 난다
길이 굽을 때마다 바닥으로 쏠리던
인간을 바로 세워주던 하늘도

썩은 내를 풍긴다

모녀는 빛을 향해 달려가는
속도마저
등지고 있다

취중 진심

바람은 내 안에다
모래 능선을 펼치고 별은
몸 둔 곳의 어둠도 밝혀내지 못하고
머리에서 따갑게 빛난다
어둠 속을 떠다니는 먼지에는
나의 체취가 있다
뚝뚝 떨어지는 줄장미 꽃잎
받아주고 있는 흙에도
재빨리 어둠으로 이완되는
흐물흐물한 그림자에도
나의 체취가 있다

남은 목숨을 가벼운 봇짐처럼 들고
나는 여기서

調和

꿈을 꾸었다

원시림을 덮은 구름 사이로
햇살이 예언처럼 쏟아지는 길을
나는 아무 걱정 없이 걷고 있었다

내겐 안 보이지만

중학교 1학년쯤 되었을 것이다
소년은 폐타이어 위에서 열심히
뜀뛰기를 한다
출구를 꽉 닫고 있는 원을 으깨버리려는 듯
펄쩍펄쩍 뛰며 혼잣말을 한다

내겐 안 보이지만
소년의 곁에는 누가 서 있다
그에게 상처를 주는 사람
그가 아파하는 사람
친구인 듯한 사람

미간을 접고 심호흡을 하며
소년이 말한다
두 손으로 가슴을 누르며
소년이 말한다
──지금은 여기가 괜찮아

언젠가 산에서도 소년을 보았다
팔을 날개처럼 펼치고

숲으로 가는 소년을
등이 굽은 아버지가 따라가고 있었다

절규

늦은 밤, 내면을 응시하다
깜짝 놀랐다

내 속엔 아무것도
들어 있지 않았다

자의식에 뚫린
벌집 같은 몸을 빠져나와

뚝뚝 떨어지는
물의 허무

아직도 너에겐

네가 틀어막고 있는
물길을 본다

들판에서 산에서 출렁대며 빛나던 길도
네 안에서 얼어 있다
생은 네게서 차가운 매듭을 짓고
두 눈 가득 성에 끼었다

네 눈알을 밀어올리는
복부를 팽창시키는
얼굴을 비트는
뾰족하고 단단한 얼음의 모서리들

들어보라
네 몸 깊은 곳에선 아직도
생명이 쇠하지 않은
싱싱한 물방울들 뛰놀고 있다

어디서 겨울을 났나

가볍게 경계를 넘나드는
실성한 자의 발자국 같은
꽃들 아름답다

어디서 겨울을 났나
공원 수돗가에 바지와 셔츠와 속옷을 벗어놓고
거침없이 몸을 씻고 있는 남자
옷을 입고 있는 자들의 눈빛이 난분분하다

그의 야윈 몸에서
햇빛 누에처럼 고물거린다

몸을 굽힐수록

상처 속에는 미련의 씨방이 있다
외면하면 씨앗이 요람까지 튄다

세상을 부싯돌처럼 치고 다니던 몸에
어둠의 더께가 앉는다

반환점은 없다

몸을 굽힐수록
피할 수 없는 삶의 무게가
등에 얹힌다

낮은 곳

이 길이 이토록 굽은 줄 몰랐다
날마다 오갔던 이 길이

늘 앞만 보고 다녔던
이 길의 가장 어둡고
낮은 곳을 걸을 때
세상은 발 아래로 보였다

사람들도 얼마쯤
이 길을 알고 있는 듯하다

길이 곧추서자
하나같이 몸을 낮춘다
길 가까이 호흡기를 들이대며

봄, 골목

오래 한곳에 몸 놓고 있던 것들이 골목 밖으로 나왔다. 장롱, 서랍장, 거울, 식탁, 오점을 남기지 않으려던 빨래대, 오감이 느껴지는 화장대……

주인을 따라갈 수 없는 항아리들은 쥐며느리처럼 몸을 말고 울고 있다. 언젠가 누가 저런 모습으로 우는 것을 보았다. 다른 사람까지 울게 했던 그의 슬픔도 저처럼 고요했다. 그와 고통을 나눴던 자들은 그때의 기억을 몸속에 사리처럼 갖고 있다.

오늘은 손 없는 날. 골목으로 들어오는 이삿짐들은 흥분과 불안에 겨워 덜컹댄다. 언젠가 나도 이삿짐 트럭 조수석에 앉아 이 골목으로 들어왔다. 봄꽃이 환하게 피는 큰길에서 급히 좌회전을 하여……

가야 할 곳

격식을 알아야 핵심에 닿을 수 있다는 듯
부처는 절의 제일 안쪽에 있다
여름이 되도록 꽃의 화두를 놓지 않은 자목련
늦게 피운 꽃의 의미에 닿으려는지
그림자가 길다
앞마당의 붓꽃들
한때의 절정을 되새김질하느라
시든 꽃잎을 몸의 제일 높은 곳에 두고

또 밤이 오려는가
가쁜 숨을 쉬고 있는 산의 나무들
켜켜이 앉은 그림자를 치받으며 술렁거린다

이제 발 딛고 가야 할 곳이
가장 어둡다

비

광기로도 이곳을 벗어나지 못하고
내가 이렇게 굳어가는
이유를 알겠다

'몸살' 혹은 바로크적 변신의 욕망
─『따뜻한 흙』의 밑자리

김진수

> 벼랑에서 만나자. 부디 그곳에서 웃어주고
> 악수도 벼랑에서 목숨처럼 해다오.
> ─「지금은 비가.....」, 『사랑의 위력으로』

1

인용구는 시인이 1991년에 발표한 첫 시집 『사랑의 위력으로』의 맨 앞자리를 차지하고 있는 노래의 일부이다. 그러니까 이 작품은 조은의 시 세계로 들어서기 위한 첫 관문으로서 서시(序詩)의 역할을 하고 있다는 뜻이 되기도 하겠다. 여기에서 주목되는 것은 시인이 자기 시 세계의 입각지랄까 그 지향점을 '벼랑'의 이미지로 규정하고 있다는 사실이다. 이 같은 사정은 그로부터 십여 년이 지난 후에도 별로 달라지지 않은 것 같다. 불과 이태 전인 2001년 초에 낸 이 시인의 산문집 제목은 아예 『벼랑에서 살다』라고 붙여져 있다. 우리의 일반적인 심상에서 벼랑의 이미지는 '갈 수 있는 데까지 간' '위태로운' '결연한' '드높은' '생사의 갈림길에 선' 같은 수식어들로 연상되는 어떤 절박한 사태나 상황을 환기시킨다. 이 같은 '절박한' 벼랑의 이미지는 이미 1996년에 나온 시인의 두번째 시집에서 '무덤'의 이미지로 변주되면서 확대 심화된 바 있다. 『무덤을 맴도는 이유』의 표제작이자 시집의 맨 마지막 자리를 차지하고 있는(시집의 해설을 쓴 정과리는 "이 시집의 서시는 특이하게도 맨 마지막에 위치해 있다"고 했다), 따라서 세번째가 될 이번 시집 『따뜻한 흙』과의 교량 역할을 자연스런 운명으로 떠맡고 있는 시에서 시인은 다음과 같이 노래했다.

알 수가 없다
내가 자꾸 무덤 곁에 오게 되는 이유
무덤 가까이에 몸을 뒤야
겹겹의 모래 구릉 같은 하늘을 이고
나를 살게 하는 것들이
무덤처럼 형체를 갖는 이유

그러나, 알고 있다, 오늘도 나는
내 봉분 하나 넘어가지 못한다
새들은 곳곳에서 찢긴 하늘처럼 펄럭이고
그들만이 유일한 출구인 듯 눈이 부시다
                                  ―「무덤을 맴도는 이유」 부분

그래, 참으로 "알 수가 없"는 노릇이다. "무덤 가까이에 몸을 두"고, 아니 차라리 "내 봉분 하나 넘어가지 못한 채" 무덤 속에 몸을 두고 사는 이 벼랑 같은 삶이란 도대체 어떤 삶일까? 이 같은 무덤 속의 삶을 죽음이라고 해야 하나 아니면 그것 역시 또 다른 삶이라고 해야 하나? 그렇다면 "유일한 출구인 듯 눈이 부"신 저 '찢긴 하늘' 바깥의 삶은 또 어떤 삶이란 말일까? 이 모든 의문의 소용돌이 속에서 희미하게 빛을 던지는 '유일한 출구'가 발견된다. "찢긴 하늘처럼 펄럭이"는 바로 저 낯선 '새들'의 이미지 말이다. 조은 시 세계의 밑자리를 해명해 줄 하나의 단서로 보이는 이 새의 이미지야말로 "모래 구릉 같은 하늘"을 경계로 하는 저 무덤 속과 무덤 바깥을, 그러니 무덤 속의 삶인 현존하는 죽음과 무덤 바깥의 부재하는 삶을 매개하고 있는 것처럼 보인다. 우화등선(羽化登仙)의 모티프를 환기시키는 이 새의 이미지는 바로크적 변신의 욕망이라고 부를 수도 있을 어떤 사태를 상징하는 것으로 내게는 읽힌다. 저 시에 출현하고 있는 '유일한 출구'와 '눈이 부시다'는 시어가 공통적으로 암시하는 것은 고치/무덤 속 한 마리 벌레로부터 눈부시도록 화려한 날개를 펴며 나비/새로 '탈피'하는, 환골탈태의 어떤 존재론적 변환의 드라마에 대한 예감이다. 사실상 '눈이 부시다'는 이 초감각적인(그 대상을 감각이 포착할 수 없다는 의미에서) 사태에 대한 묘사의 이미지는 이번 시집 『따뜻한 흙』의 핵심적인 모티프가 되고 있는 터이다. 그렇기에 이번 시집의 제목으로 쓰인 '따뜻한 흙'이라는 상징적 이미지를 저 두번째 시집의 무덤 이미지의 변주로 이해하는 데 큰 무리는 없어 보인다.

　그렇다면, 이 무덤은 왜 '따뜻한 흙'일까? 이 질문에 답하기 위해서 우선 독자들은 무덤 바깥으로부터 무덤 안을 들여다보는 살아 있는 자의 시선을 거두어 무덤 안으로부터 무덤 바깥을 내다보는 죽은 자의 시선을 구비할 필요가 있을 성싶다. 왜냐하면 이 시집에서 시인의 시적 자아와 그 시선이 위치하고 있는 자리가 바로 무덤 속인 것처럼 보이기 때문이다. 그 점에 있어서도 『따뜻한 흙』은 『무덤을 맴도는 이유』의 연장선에 존재하는 셈이다. 무덤 바깥의 자리에 있는 자의 시선에서라면 무덤 속은 차가운 죽음의 자리에 불과하겠지만, 무덤 속에 있는 자의 입장에서라면 그것은 자신의 부재하는 현존의 자리가 될 터이기 때문이다. 달리 말하자면 살아 있는 자에게 집이 갖는 의미를 죽은 자에게는 무덤이 갖고 있다는 뜻이리라. 그리고, 공간-심리학적 의미에서 모든 집은 따뜻한 곳이며 또 '따뜻한 흙'으로 지어져 있는 법이다.

　그리하여 이 따뜻한 무덤과 묘혈의 이미지는 또한 새로운 생명과 삶을 위한 자궁과 잉태의 장소 이미지로 전환될 수도 있는 것이겠다. 왜냐하면 「무덤을 맴도는 이유」에 출현하고 있는 '찢긴 하늘'과 '유일한 출구' '눈이 부시다'는 탈피와 존재 변형의 이미지들은 공통적으로 저 무덤과 묘혈이 또한 동시에 자궁이자 잉태의 자리임을 반증해주는 알리바이로 보이기 때문이다. 『따뜻한 흙』에서 이러한 탈피와 상승의 이미지들(이 이미지들을 횡축으로 눕히면 거기에 '모래'나 '사막' 같은 건성 이미지가 놓인다)은 그것에 길항하는 압도적인 하강의 이미지들(마찬가지로 이 이미지들의 횡축에는 '흙'이나 '비' 같은 습성 이미지가 놓여 있다)에 의해 발목이 잡혀 있지만, 이러한 존재 변형의 욕망들이 조은의 시 세계를 이끄는 내적 원동력이 되고 있음은 분명한 사실로 보인다. 가령, 다음과 같은 구절들을 보라.

> 어떤 나무는 몸에 매단 물방울 속으로
> 세계의 뿌리를 옮겨가고 있다
>   ─「숲에서 보내는 시간」 부분

> 가벼운 것들에게는 하나같이
> 미련 없이 등진 거대한 관념이 있다
>   ─「가벼운 것들」 부분

> 앙상한 나뭇가지들이
> 허공을 딛고
> 가뿐히
> 지구를 들고 있다!   ─「고집」 부분

그러니, 삶을 떠난 그 어떤 노래가 다시 가능하겠는가? 명부의 지배자 하데스Hades와 페르세포네Persephone의 심금을 울렸던 오르페우스Orpheus의 노래조차도 실은 애인 유리디케Euridice의 삶을 얻기 위한 것이었으니! 삶의 절대적 부정태로서의 죽음에 대한 노래나 그 어떤 죽음의 텍스트 역시도 이 삶을 떠나서는 한낱 관념의 유희에 지나지 않는 법이다. 그리하여 저 무덤과 현존하는 죽음을 말하기 위해서라도 어쨌든 이 삶과 존재/주체로부터 다시 이

야기를 시작하지 않을 수 없겠다. 이 치욕스런 삶의 상처
와 고통에 대해서, 그리고 그 기억의 스산함에 대해서 말
이다.

2

　살아 있는 많은 것들의 파장이 내 몸을 지나갑니다 한쪽이 열
리면 한쪽이 닫힌 길을 걸으며 잎잎에 매달려 있던 세상이 지는
것을 봅니다 生의 같은 가닥을 잡고 서로 밀고 당기던 잎들이
머물던 자리가 깨끗해 나는 눈을 씻고 보고 또 봅니다 나무 아
래 육신의 정수리에서 만개한 꽃들은 향기 속으로 소멸합니다
사람들은 고된 몸을 끌고 머릿속 세상으로 소멸해갑니다 소멸
하며 生이 완숙됩니다 다시 보면 지나온 날들 급경사를 이뤄 소
멸의 향기를 꿈꾸고 있습니다　　　　　　　　──「한순간」 전문

『따뜻한 흙』은 바로크적 회화의 비의를 지니고 있는 렘
브란트V.R. Rembrandt의 어떤 유화들을 연상시킬 정도로
대단히 세밀하고도 뚜렷한 명암과 색채의 대위법 속에서
'생성과 소멸'(「그의 몸은 언제나」)의 드라마로 구성된 존
재의 초상들을 보여준다. 너무 어두워 잘 보이지도 않는
이 초상화의 밑그림들은 풍화된 시간의 흔적이 남긴 가혹
한 삶의 상처와 고통으로 직조된 음울한 기억들로 소묘되
어 있는 것처럼 보인다. 그 소묘 속에서는 "향기 속으로"
서서히 마모되어 소멸해가는 이 삶의 실존적 풍경들이 그
어떤 급격한 이미지의 도약이나 리듬의 비약도 없이, 마치

물 흐르듯이 잔잔한 배경을 구성해낸다. 그 풍경들은 제 스스로는 아무것도 말하는 바가 없지만, 그러나 거기에 눈을 빠트리고 있는 자로 하여금 모든 것을 스스로 말하게 하는 하나의 텍스트가 된다. 그리하여 이 시집의 눈부시도록 반짝이는 의미들은 저 풍경 속에 눈을 빠트린 자가 제 자신의 상처와 고통 속에서 오롯이 길어 올린 생생한 삶의 실감으로 자리하게 된다. 시집에서 삶은 무엇보다도 먼저 다음과 같은 상처와 고통의 기억으로 구조화되어 있는 듯하다.

> 상처 많은 남의 개를 집에 들여다 함께 겨울을 납니다. 개는 수시로 울부짖고, 퍼덕거리고, 발로 바닥을 치며 비명을 지릅니다. 지나가던 내 그림자가 스쳐도 벌떡 일어나 아프다고 울어대지요. 개의 얕은 잠을 깨우는 것은 고통에 대한 기억입니다. 고통은 기억 때문에 덩굴손을 뻗어가지요. 잦은 매질에 울퉁불퉁해진 개를 깨우지 않으려다 어쩌다 그 눈과 마주치기도 합니다. 존재의 원형을 바꾸며 들끓고 있는 구더기 떼처럼, 삶을 희구하는, 희끗한 눈빛! 창문에 붙어 있는 어둠의 눈 속에서 나도 한 철 내내 고물거리고 있습니다. ──「겨울 한 철」 전문

"그림자가 스쳐도 벌떡 일어나 아프다고 울어대"는 저 동물의 처절한 이미지는 상처와 고통의 기억으로 주조된 이 실존적 삶의 한 초상으로 자리한다. 시집에서 이러한 삶의 상처들은 무엇보다도 '고통의 초상'이라고도 할 만한 풍경을 만들면서 심층적인 존재론적 차원을 획득하고 있다. 왜냐하면 저 상처와 '고통에 대한 기억'은 "존재의 원

형을 바꾸며 들끓고 있는 구더기 떼"로 은유되어 있기 때문이다. 이렇게 고통과 상처의 기억은 '존재의 원형'을 훼손시키는 존재 변형의 매개체로 작용하게 된다. 그리하여 이 "고물거리고 있는"는 '구더기 떼'의 이미지는 곧장 저 고통에 대한 기억의 삶을 무덤의 이미지로 바꾸어놓는다. 이 끔찍스러운 벌레의 이미지가 떠올리는 표상은 무엇보다도 죽음과 주검이기 때문일 터이다. 사실상 『따뜻한 흙』은 죽음과 무덤의 이미지들로 충만한 시집이다. 가령 이 삶의 전체 꼴을 '무덤의 형상'으로 간주하면서 "무덤을 더듬으며 깊어지는 뿌리들/무덤을 거쳐 나오는 여린 줄기들"을 노래하고 있는 「무덤의 형상들」이나, 이 삶의 시간들을 "무덤 사이로 난 언덕길을 오르내리는 것"으로 이해하고 있는 「삶의 형식」 같은 시들을 보라. 이 시집에서 '삶의 형식'을 노래하는 자리에 '죽음의 형식'이 들어서고, '죽음의 형식'을 이야기하는 시의 제목이 '삶의 형식'인 것은 그러므로 우연이 아니다.

열어놓은 창으로 새들이 들어왔다
〔……〕
나는 해치지도 방해하지도 않을 터이지만
새들은 먼지를 달구며
불덩이처럼 방 안을 날아다닌다
나는 문 손잡이를 잡고 숨죽이고 서서
저 지옥의 순간에서 단번에 삶으로 솟구칠
비상의 순간을 보고 싶을 뿐이다
새들은 이 벽 저 벽 가서 박으며

존재를 돋보이게 하던 날개를
함부로 꺾으며 퍼덕거린다
마치 내가 관 뚜껑을 손에 들고
닫으려는 것처럼!
살려는 욕망으로만 날갯짓을 한다면
새들은 절대로
출구를 찾지 못하리라
한 번쯤은 죽음도 생각한다면……
　　　　　　　　　　　　―「한 번쯤은 죽음을」 부분

　상처와 고통의 기억 속에서 이루어지는, 시인의 용어법
을 빌려 말하자면 '존재의 원형'이 변모된 이 지상에서의
삶은 여기에서 "불덩이처럼 방 안을 날아다니"는 새들의
이미지 속에서 제 온전한 형식을 획득하고 있다. 이 지상
의 삶은 이미 그 자체로 하나의 무덤 속의 삶이자 '지옥의
순간'이 된다. 왜냐하면 저 새들의 진정한 생명과 삶은
'관 뚜껑' 바깥의 세계에 속해 있는 것으로 상정되기 때문
이다. 여기에서 삶의 형식은 죽음의 그것처럼 엄정하고도
준엄한 법칙에 의해 구성되어 있는 듯하다. 그리고, 이 삶
의 엄정함과 준엄함은 그것을 되돌릴 수 없다는 치명적인
사실로부터 연유할 것이다. 시간의 불가역성과 엔트로피
증가의 법칙이야말로 우리가 감관으로부터 경험하는 이 물
리적 세계의 첫번째 원리이다. 되돌아갈 수만 있다면, 그
리하여 처음부터 다시 시작할 수만 있다면, 우리가 이 삶
으로부터 받은 상처와 고통은 뭐 그리 대단한 것도 아니게
될 터이다. 회복 가능한 상처와 치유 가능한 고통은 사실

상 상처도 고통도, 또 그 무엇도 아니기 때문이다. 그러나 관 속에 든 저 새들처럼 중력의 지배를 받는 육신을 빌려 이 지상의 삶 속에 든 모든 존재는, 그것이 자궁 같은 무덤 이든 아니면 무덤 같은 자궁이든 간에 되돌릴 수 없는 생 성과 소멸의 우연성과 우발성으로 특징지어지는 냉혹한 크 로노스Kronos의 지배를, 다시 말해 시간의 인과율을 따라 야 한다. 그리하여 이 '지상의 무덤' 속에서의 실존적인 삶 의 형식은 회복할 수 없는 불완전성의 드라마를 구성하게 될 터이다. 왜냐하면 모든 완성은 언제나 그 시초에만 존 재했기 때문이다. 시인은 이러한 상처와 고통을 통해서 삶 이 왜 그 자체로 또한 죽음의 장소로서의 무덤이 되는지를 노래한다. 작은 '문고리' 하나의 훼손과 상실을 통해서 '문'이 '벽'으로 전환되는 저 존재론적 변형의 과정을 대단 히 단단한 이미지들로 구축하고 있는 다음의 시를 보라.

  삼 년을 살아온 집의
  문고리가 떨어졌다
  하루에도 몇 번씩
  열고 닫았던 문
  헛헛해서 권태로워서
  열고 닫았던 집의 문이
  벽이 꽉 다물렸다
  문을 벽으로 바꿔버린 작은 존재   ──「문고리」 부분

3

그렇다면 저 관과 벽 속의 풍경들은 마냥 칠흑 같은 어둠으로만 이루어져 있는 것일까? 시인은 단연코 아니, 그럴 리는 없다고 말하는 듯하다. 『따뜻한 흙』의 존재론적 배경이 되고 있는 무덤 속 저 두터운 어둠은 마모되고 소멸되어가는 삶의 우연성과 덧없음으로부터 연유하는 존재들의 고통스러운 상처의 기억들로 축조되었음은 이미 언급한 바 있다. 그러나 이 상처와 고통의 기억들조차 삶의 덧없음 속에서 찰나적으로 명멸해가는 존재의 어떤 순간적인 빛과 반짝임이 없다면 그대로 어둠 속에 묻혀 어둠의 일부로만 남겨져 있었을 것이다. 제아무리 겹겹의 짙은 어둠으로 둘러쳐진 풍경일지라도, 아니 그대로 어둠 그 자체일지도 모를 저 차디찬 무덤 속 같은 풍경이라 할지라도, 아주 짧은 한순간이나마 반짝이며 발화된 한 줄기 가녀린 빛에도 그 두터운 암흑의 밀도를 누그러뜨려 제 어두운 속살의 일부를 드러내 보이지 않을 도리는 없을 터이다. 시인은 이미 이 한 줄기 가녀린 빛의 통로를 『무덤을 맴도는 이유』에서 '유일한 출구'라고 암시한 바 있다. 그리고 사실상 조은의 시 세계를 관통하는 고유한 시적 방법론의 핵심에는 언제나 이 빛의 작용이 동반하고 있는 것처럼 보인다. 『따뜻한 흙』이 '죽음과 무덤의 시집'임에도 불구하고 거기에서 따뜻하고 빛나는 시선이 도드라져 보이는 이유도 바로 저 압도적인 어둠과 대위법적으로 길항하고 있는 이 빛의 존재 때문이다. 그리하여 시인이 그려낸 세밀한 이 삶의 초상화는 그의 시를 마치 저 바로크적 명암법의 시적 전유로 보이게 할 정도인 것이다. 이 빛의 존재를 증명하기 위해 이제 우리가 해야 할 작업은 저 실존적 고통에 대한 존재론적 해부이다.

> 행려병자들이 웅크리고 잠든 분수대 광장을 걸어 그를 배웅하고 돌아설 때는 비가 내렸다. 그는 지하 세계로 내려가 당장은 그 비를 피했고, 나는 비를 맞으며 그의 고통 속으로 젖어들어갔다. 아무도 대신 질 수 없는 짐. 속수무책의 짐. 혼자만의 짐. 그것들을 부려놓을 곳은 제 속밖에 없다. 그는 자의식 때문에 날이 밝으면 눈이 더 퀭해질 것이다. 고통의 돌기 같은 그의 육신은 제게도 낯설 것이다.   ──「고통의 돌기」 부분

투병 중인 친구와 함께 밥을 먹은 뒤 막 헤어지고 난 이후의 풍경이다. 여기에서 회복 불가능한 상처와 치유 불가능한 친구의 고통을 통해 드러나고 있는 것은 주체의 자기 동일성의 한계라는 어떤 존재론적 사태이다. "고통의 돌기 같은 그의 육신은 제게도 낯설 것이다"라는 구절이 의미하는 바가 바로 그것이리라. 삶의 실존적 상처와 고통은 모든 존재들에게 주체의 자기 동일성의 한계를, 그리고 동시에 그 한계의 해체를 지시한다. 주체란 무엇보다도 모든 가능성의 다른 이름이며, 동시에 이 모든 '가능성의 가능성' 자체를 의미한다. 왜냐하면 주체를 구성하는 의식/이성의 빛 속에 들어오지 않는 것은 이 세계 속에 존재하지 않기 때문이다. 역으로 말하자면, 자기 의식의 빛으로 조명되지 않는 것은 이 세계 속에 존재하지 않는다고 간주하

는 그 의식 자체가 바로 주체이기 때문이다. 그러니, 주체
란 사실상 이 세계를 완벽하게 조명하는 절대적인 빛의 다
른 이름이었던 셈이다.

　　그러나 상처와 고통은 모든 절대적 가능성의 다른 이름
이었던 이 주체에게 '어찌 할 수 없음'이라는 주체의 불가
능성을 지시하는 강력한 기표로 작용한다. 달리 말해서 고
통은 이 주체에게 '불가능성의 가능성'을 보여준다고도 말
할 수 있다. 자기 동일성의 한계에 처한 이 주체의 상황을
시인은 "자의식 때문에 날이 밝으면 눈이 더 퀭해질 것이"
라고 보고하고 있다. 그리하여 주체는 고통을 통해서 자신
의 한계를, 즉 자신의 모든 가능성이 또한 불가능성의 가
능성까지도 포함하고 있음을 발견하게 된다. 이제 주체는
스스로에게도 '낯선' 하나의 물음표이자 마침표로 존재하
게 되리라.

　　　　의미를 찾지 못한
　　　　생생한 고통의 날들 되밀려온다
　　　　그녀 앞 신생아들의 몸도
　　　　필생의 물음표로
　　　　꼬부라져 있다　　　　　　　　　　—「新生」부분

　　　　고통이 한 목숨을 끌고 다니다
　　　　춥고 바람 찬 거리에
　　　　마침표로 놓는다　　　　　　　—「성스러운 밤」부분

　이렇게 존재의 원형을 훼손 변형시키는 저 상처와 고통

을 통해서 자기 동일성의 한계상황에 처한 주체는 이제 거꾸로 능동적인 변형과 자기 해체의 모험을 감내하지 않을 수 없게 될 것이다. 왜냐하면 주체에게 있어서는 어떠한 불가능성도 허용되지 않을 뿐만 아니라 또한 가능하지도 않기 때문이다. 다시 한번 강조하자면, 주체란 모든 가능성의 다른 이름이다. 그리하여 자기 동일성의 한계에 이른 이 주체에게 남아 있는 유일하게 가능한 길은 이 한계 자체를 방법론적으로 자기 존재의 새로운 가능성의 토대로 전환하는 일일 뿐이다. 여기에서 주체에게는 이제 능동적이고도 긍정적인 자기 동일성의 해체라는 길이 새롭게 열린다. 이처럼 주체의 자기 동일성의 한계라는 부정성이 자기 동일성의 극복이라는 긍정성으로 전환되는 사태를 지시하기 위해 우리는 이미 사랑이라는 말을 가지고 있는 터이다. 그리고, 그렇다, 조은 시 세계의 유일한 출구는 바로 이 사랑이었던 것이다! 이 사랑으로 인해 저 무덤 속 어둠에도 이제 한 줄기 희미한 빛이 비춰들게 된다. 주체의 유아론적 이성의 빛이 꺼진 어둠 속에서 비로소 드러나는 이 사랑이라는 이름의 빛은 저 무덤 속의 삶인 '현존하는 죽음'을 무덤 바깥의 '부재하는 삶'과 매개하여 '현존하는 삶'과 '부재하는 죽음'으로 전환시키는 역할을 하게 될 터이다.

　저 '유일한 출구'를 통해 비춰드는 이 빛을 노래할 때, 조은의 시들은 거의 예외 없이 '눈'의 이미지나 '반짝인다'는 동사의 이미지들을 동반한다. 가령, "내 몸에서 번쩍 눈을 뜨는 먼지들"(「새」)이나 "앙상한 나뭇가지들 반짝인다"(「큰 산에서의 하루」), "드문드문 반짝인다"(「강물을 따라」), "활짝 열려 어두운 곳에서도 반짝이는"(「다정한 노인들」) 등등의 많은 구절들에서 발견되는 이 눈과 빛의 이미지들은 마모되고 소멸해가는 이 삶 속의 존재들이 제 상처와 고통 속에서, 그리고 이 상처와 고통을 통해서 긍정적인 존재의 변환과 생성을 성취한 어떤 빛나는 순간들과 관련되어 있는 것처럼 보인다. 이러한 생성과 소멸, 빛과 어둠의 대위법적 변주 속에서 삶은 제 스스로를 완성해간다. 그리하여 이 모든 소멸과 생성의 모티프들, 무덤과 자궁의 이미지들은 『따뜻한 흙』의 핵심 주제라고 할 수 있을 어떤 '존재의 변형'이라는 구조를 완성한다. 여기에서 존재 자체는 자기 변신의 장소이자 무대가 된다.

4

그러나 사랑을 통한 변신과 자기 해체라는 이 사태를 과장하지 말기로 하자. 왜냐하면 조은 시의 빼어난 미덕은 사실상 이러한 사랑의 관념 자체에 있는 것도 아니고 또 사랑의 완성이라는 어떤 지고의 경지에 있는 것도 아니기 때문이다. 오히려 『따뜻한 흙』에 실린 시들은 이 사랑을 통한 능동적인 존재 변형의 어려움과 주체의 자기 동일성 해체의 지난함을, 그리고 무엇보다도 특히 못 다 이룬 사랑에 대한 연민과 슬픔을 노래할 때 훨씬 더 아름다운 가락과 뉘앙스가 풍부한 음색을 드러낸다.

나 힘들게 여기까지 왔다

나를 가두었던 것들을 저 안쪽에 두고

내 뿌리가 어디에 있는지는 생각하지 않겠다
지금도 먼 데서 오는 바람에
내 몸은 뒤집히고, 밤은 무섭고, 달빛은
面刀처럼 나를 긁는다

나는 안다
나를 여기로 이끈 생각은 먼 곳을 보게 하고
어떤 생각은 몸을 굳게 하거나
뒷걸음질치게 한다

아, 겹겹의 내 흔적을 깔고 떨고 있는
여기까지는 수없이 왔었다　　　　　　　——「담쟁이」 전문

　　시인이 노래하는 이 사랑의 지난함과 슬픔은 곧 우리 존
재가 시간과 중력에 지배받는 육신을 구비하고 있다는 사
실에 대한 곤혹스러움과 난감함으로부터 연유한다는 사실
에 주목하기로 하자. 왜냐하면 몸이 가담되지 않은, 실천
을 수반하지 않은 그 어떤 사랑도 다만 불구의 관념에 지
나지 않을 터이므로. 그러므로 조은 시의 바로크적 변신의
욕망의 기저에 몸의 이미지가 중요한 고리 역할을 하고 있
음은 무엇보다도 자연스러운 귀결이라고 하겠다. 시인은
이미 시집에서 "존재가 바뀌려는지 몸살을 한다"(「과거 속
으로」)고 존재의 변형이라는 모티프를 '몸살'이라는 구체
적인 이미지를 통해 적시해놓은 터이다. "지금도 먼 데서

오는 바람"이 가져다 준 저 불면의 밤을 통해 "面刀처럼" 긁히고 있는, "겹겹의 흔적을 깔고 떨고 있는" 이 몸이야말로 저 바로크적 변신 욕망의 최후의 보루이자 궁극적인 토대이기 때문이다. '고흐의 무덤으로 가는 길'이라는 부제가 붙어 있는 다음과 같은 뛰어난 풍경화가 암시하고 있는 바도 아마 그것이 아닐까 싶다.

끝없는 밀밭을 짓누르는
하늘로 솟구치며 까마귀 운다
까마귀 간 길이 어두운 하늘 속에서
실꾸리처럼 감긴다

갑자기 나타난 말 한 마리
사납게 발길질을 하자 흙이
번뜩이는 눈을 뜨고 우리에게 달려든다
인광이 미친 말의 몸을 벗어나 빗방울에
매달린다 빗방울은 무엇과도
온몸으로 닿으며 존재를 바꾸고
밀밭은 금세 윤기 흐른다

그러나, 말은 미쳐서도
제 무릎 아래께에 있는
울타리의 관념 하나 뛰어넘지 못한다
그것을 알고 있는 우리에게

바람은 먼 먼 곳의 빗방울을 부려놓는다

언덕은 그의 무덤으로
우리를 끌어간다   ──「비의 길」전문

　초현실주의자들의 화폭을 연상시키는 이 시는 조은 시
세계의 모든 핵심적인 모티프와 상징들을 함께 아우르고
있는 것으로 보인다. 이 시에서 "미친 말의 몸을 벗어"난
인광은 빗방울과 결합되어 "무엇과도 온몸으로 닿으며 존
재를 바"꿀 수 있는 것으로 상정되어 있다. 이 같은 존재의
변형을 통해서, 무거운 하늘에 의해 짓눌려져 있던 1연의
밀밭은 2연에서 "금세 윤기(가) 흐르"는 변화를 겪게 되는
듯하다. 그러나 미친 말의 몸을 벗어난 인광의 이미지와
더불어 "하늘로 솟구치며" 우는 까마귀의 이미지로 암시되
는 이 존재의 변형과 상승의 운동은 3연에 이르러 하나의
관념에 불과한 것이었음이 서술되고 있다. 왜냐하면 그것
은 이 고통스러운 몸과 누추한 대지를 벗어나 있기 때문이
다. 그리하여 "말은 미쳐서도/제 무릎 아래께에 있는/울타
리의 관념 하나 뛰어넘지 못하"게 되는 것이리라. 이러한
관념의 허구를 탁월하게 형상화하고 있는 「낙지」 같은 시
들을 보라.
　시집에서 이러한 존재 변형의 모티프들은 일차적으로는
부패, 발효, 소멸, 마모, 죽음이라는 부정적인 존재론적 사
건들로 축조되어 있지만, 이 부정적 계기들은 또한 존재/
주체의 긍정적인 자기 동일성의 해체의 기제로 작용하기도
한다. 조은의 시들은 이 같은 죽음과 소멸을 향해 질주하
면서도 어느 한순간 반짝이며 타오르는 이 긍정적인 생의
기미를 고요하지만 따뜻하게 응시하는 시선의 미학을 완성

해낸다. 『따뜻한 흙』은 마모되고 소멸되어가는 이 삶 속에
서도 반짝이며 빛나는 생의 의지를 짚어내고, 또 그것을
보듬어 안는 따뜻한 눈길을 보여주고 있는 것이다. 그러
니, 보다 정확하게 말하자면, 저 '따뜻한 흙'은 사실상 이
'따뜻한 시선'이 만들어낸 결과물이라고 해야 한다. 돌이
킬 수 없이 이울어가는 이 삶이 시인에게 오로지 지옥이며
저주로만 머물지 않는다. 모든 고통받는 것들에게 보내는
저 눈물겹도록 따스한 시선으로 말미암아 이 상처받은 육
신과 누추한 지상에서의 삶은 위로받으며 새로운 생명의
장소로 전환된다.

> 들어보라
> 네 몸 깊은 곳에선 아직도
> 생명이 쇠하지 않은
> 싱싱한 물방울들 뛰놀고 있다　　——「아직도 너에겐」 부분

> 한때는 푸르렀던 내 안의 것들아
> 누추한 것에 발이 묶여 빛을 잃은 것들아

> 실낱 같은 정신의 한끝을 물고
> 크게 날개를 저으며
> 새들은 돌아온다　　　　　　　——「새들은 돌아온다」 부분

　조은의 시들은 세련된 문체도, 현란한 기교나 능변의 수
사도, 번뜩이는 천재의 상상도, 그렇다고 언어를 담금질하
는 능란한 장인의 솜씨나 기발한 재치도 보여주지 않는 것

처럼 보인다. 그럼에도 불구하고 『따뜻한 흙』은 우리 마음 속 깊이에서부터 잔잔한 감동의 파문을 일으키고 또 그 파문이 점점 커져 마침내는 회오리 물살같이 우리의 영혼을 송두리째 휘저어놓는다. 이 소용돌이 속에서 우리 영혼이 대면하는 것은 이 고통스러운 날것으로서의 삶의 한 진상이며, 동시에 이 벼랑 같은 실존적 삶을 고요하지만 따뜻하게 응시하고 있는 어떤 시선이다. 그렇기에 조은의 시들은, 시란 단순히 이러저러한 것들이 아니고 또 이러저러한 것들의 결합도 아니라는 점을 보여준다. 『따뜻한 흙』은 바로 시의 에스프리, 즉 사랑의 힘을 보여준다. 그리고 마침내는 이 시의 정신이야말로 곧 모든 개별적인 글쓰기를 하나의 빛나는 노래로 만들어준다는 사실을 설득력 있게 제시한다. 시인에게 있어서 시는 어떤 방법론적 기교나 상상이 아니라 오로지 이 빛나는 시의 정신 속에만 존재한다. 그러나 그것은 또한 이 고통스러운 몸과 누추한 삶을 기반으로 해서만 온전하게 발현되는 어떤 것이리라. 조은의 시는 저 빛나는 정신과 이 누추한 삶의 팽팽한 긴장을 눈물겹도록, 온몸으로, 견디고 있다. '몸살'을 앓을 정도로!